Charlotte SÉVERAC

La Page où l'on aime

Préface de Henry MÉRIOT

On voudrait s'arrêter à la page où l'on aime.

LAMARTINE.

LYON
LES ÉDITIONS DU FLEUVE
42, Quai Gailleton, 42

1926

La Page où l'on aime

Il a été tiré de cet ouvrage 25 exemplaires sur pur fil Lafuma.

Charlotte SÉVERAC

La Page où l'on aime

Préface de Henry MÉRIOT

On voudrait s'arrêter à la page où l'on aime.

LAMARTINE.

LYON
LES ÉDITIONS DU FLEUVE
42, Quai Gailleton, 42

1926

Préface

Une des plus pures joies de ma vie d'artiste m'échoit aujourd'hui : celle de présenter aux rares délicats qu'enthousiasme encore l'art des vers, l'œuvre de Charlotte Séverac; de ma jeune amie.

Je l'ai connue presque enfant, balbutiant ses juvéniles inspirations ; je l'ai suivie, lorsque se manifestaient les initiales lueurs de son esprit. L'ai-je encouragée à suivre l'exemple de ceux qui aspirent à planer au-dessus des spéculations vulgaires ou bassement positives, chères à notre temps ?

Oui, je l'ai conseillée et n'ai aucun remords.

Elle m'étonnait; et de ma volontaire, mais hautaine solitude, j'admirais cette adolescente s'éveiller aux rêveries les plus exquises, les plus généreuses, les plus humaines ; qui s'ouvrait loyalement à la vie, sans d'autres armes que les beautés de son cœur.

Et voici son premier livre.

Quelle place prendra-t-elle parmi ceux, peut-être mieux situés, mais souvent moins désignés, dans la foule des poètes anxieux et impatients de gloire ? Je l'ignore. J'ai la volonté des certitudes.

Voici une artiste dont le labeur ne s'est courbé devant aucune mode, n'a accepté aucune des compromissions faciles, voire ridicules, de certains cénacles ; qui réprouve les formules invertébrées et paradoxales de tant d'impuissances contemporaines ; une œuvre dont l'ascèse ne saurait laisser aucun doute sur sa franchise, non plus que sur sa loyauté. Charlotte Séverac est un poète-né, et c'est là tout dire. Il ne me déplaît pas d'affirmer mes sensations, surtout les plus profondes, avec quelque brutalité ; mais elle est femme, et ces mâles affirmations d'un talent pourraient heurter sa timidité. Aussi, n'y insisté-je pas. Elle n'envie de couronnes que celles qu'elle devra à sa tendresse exaspérée ; une tendresse qui se réfugie dans l'amour de la nature et dans celui qu'elle pressent, de l'Elu, qui l'aidera au cours de la joyeuse ou peut-être pénible traversée de la vie.

Dans la nuit où j'écris cette inutile préface d'une œuvre charmante, j'ai sous les yeux, dans un cristal vulgaire, une adorable pervenche qui me prodigue les délicats profils de son éphémère fraîcheur. Fragile fleur de saphir au cœur d'or, que, dans mon esprit, j'associe au charme de la musicienne que vous allez lire et dont m'enchantent les Sonates et les Nocturnes; et c'est bien là sa grâce émouvante et simple, l'inéluctable emprise de l'inspirée, pareille à celle de la fleur devant qui Jean-Jacques versait des larmes ; une âme offerte et si transparente que rien n'en trouble l'étincelante limpidité.

Elle aime et elle est aimée ; ce sont là d'extrêmes consentements, dont l'écho, sans cesse plus harmonieux, s'évade de chacune de ces pages d'amour et de lumière.

Car c'est là encore un livre d'amour et d'espérance. Un livre où chantent les harmonies si diverses que peuvent suggérer à un jeune cœur épris les éblouissants paysages où se déroule la plus éblouissante aventure. C'est avec raison que j'empruntais tout à l'heure à la musique mystérieuse les vocables dont Beethoven et Chopin ont désigné leurs pages souveraines. Il y a, dans ce livre, des idylles dont les bois endormis sous les clartés lunaires furent les silencieux complices ; des aubes renaissantes, où les divins émois d'une passion partagée apportent aux pieds de l'amante leurs corbeilles chargées d'une lourde moisson de roses ; partout, dans cet exceptionnel printemps, jaillit de chaque lilas, de chaque buisson d'aubépines et de chaque églantier, l'hymne que dédie au couple heureux l'orchestre des chanteurs ailés.

Les intimités sans nombre, où s'enlacent les mains

tremblantes, celles que l'hiver fait plus graves et l'automne plus mélancoliques et plus précises, les séparations temporaires exaltant l'attente du retour, et cette foi, cette conscience chaste de deux êtres d'élite, je dirais de deux « promis », si j'osais me servir de cet agreste langage ; cette certitude enfin de l'absolue communion trouvée dans le don d'eux-mêmes pour jamais, tout cela rayonne de simple pureté. Il semble que les entretiens qui les lient aient choisi pour décor quelque paysage radieux de Corot ou de Claude Lorrain.

Car ce n'est pas l'afféterie, délicieuse d'ailleurs et voluptueuse, d'un Verlaine, non plus les frondaisons bleuâtres et les ciels carminés de Watteau, qui entendent ici des serments accompagnés en sourdine par la Syrinx de quelque jeune Faune, virtuose des tentations, s'érigeant de sa gaine de marbre ; non, ceux-là vont, dans la sincérité de leur conscience, droite comme une lame d'épée qui serait fleurie, vers des fins dont le moins qu'on en puisse dire, c'est qu'elles sont promises aux hommes de bonne volonté.

Dirai-je que l'Art de Charlotte Séverac s'apparente aux plus nobles modèles ? On s'en convaincra vite, dès qu'on aura tourné les premières pages de son recueil. Une langue claire, veloutée et accessible y sert prodigieusement l'ordonnance de ses poèmes ; souvent, son inspiration, de la qualité la plus haute, s'affirme en strophes lapidaires, que nulle facilité verbale ne vient déparer. Jamais théâtrale, sa forme, sans stratagèmes, atteint les sommets de l'émotion qu'elle a ressentie et qu'on partage, et sa métrique sans complaisances, est d'un Orient sans défauts, ainsi qu'une gemme choisie, clivée par quelque intègre joaillier.

Vous, pour qui la Poésie, cette vierge ineffable et d'une invincible splendeur, écarte un instant le voile qui cache son éternelle beauté, lisez ce Livre. Comme une jeune sœur de Desbordes-Valmore, celle qui en glana les vers et broda les rimes, apporte en offrande, au même autel que son aînée, sa gerbe héroïque où passent les effluves du Printemps et qu'Iris a nouée de sa ceinture d'aurore où se marient et chatoient les féeriques couleurs du ciel.

Henry Mériot.

Dédicace

Bien d'autres ont chanté l'éternelle romance,
D'un air souvent plaintif et quelquefois vainqueur,
Quand, avec le printemps qui toujours recommence,
Jeunes, ils ont senti soudain battre leur cœur.

Bien d'autres ont joui de la beauté des choses
Qui l'ont parfois traduite en d'admirables vers :
Ils nous ont dit l'été, l'automne, les hivers
Et le printemps vêtu de la clarté des roses.

Sur des lacs de cristal, en un riche décor,
Il en est conduisant des barques romantiques ;
Quelques-uns sont assis à l'ombre des portiques,
Dans l'Hellade où les dieux les accueillent encor.

Qu'importe cependant que ma voix recommence
— Sachant, hélas ! que vain sans doute est mon effort
De chanter le plus juste et non pas le plus fort —
Après tant d'autres voix, l'éternelle romance.

C'est pour toi que je chante, ô mon ami lointain !
Ma récompense, quand j'évoque un paysage
Du Passé, c'est de voir sourire ton visage :
Si je parle de nous, le succès est certain.

Or, c'est nous que j'ai mis en ce cadre fragile,
Terrasse au crépuscule et petit chemin clair,
Où l'âme du printemps est éparse dans l'air,
Et grands monts violets que gravit l'ombre agile.

Afin qu'en relisant ces pages à mi-voix,
Fronts unis sous la lampe, un soir grave d'automne,
Notre âme, que plus rien dans le présent n'étonne,
S'émeuve à respirer notre âme d'autrefois.

A des amants

O couples qui riez dans l'ombre et dont les pas
Ont le rythme joyeux des sources printanières,
Notre histoire est un peu la vôtre, n'est-ce pas ?

Au vol capricieux des heures prisonnières
De ce palais vermeil que leur ouvre le temps,
Par les chemins creusés de profondes ornières,

Vous ajoutez, à la jeunesse du Printemps
Dont neigent sur vos fronts les ramures fleuries,
L'incomparable émoi de vos yeux éclatants.

C'est à vous que les bois aux vertes galeries
Ouvrent leurs doux retraits où chantent les oiseaux,
C'est pour vous que les fleurs émaillent les prairies;

Et vous le savez bien que les jardins, les eaux,
Couverts, quand vient le soir, d'ombre et de fantaisie.
Sans vous ne seraient pas si tendres et si beaux.

Amants, dans votre cœur chante la Poésie ;
Mais il vous faut un interprète : ah ! la fierté
D'être pour vous la sœur que votre âme eût choisie !

Puissiez-vous retrouver en ces vers la beauté
Du petit coin de terre où votre amour est née,
Parmi les fleurs et les ombrages de l'été ;

Et surtout ce reflet d'une heure fortunée :
Un mot tendre, un regard, un sourire bien doux,
Le parfum pénétrant d'une rose fanée ;

L'ivresse de s'aimer dans l'ombre, à deux genoux,
Sous le dôme léger des feuilles verdissantes,
Et de se quereller peut-être comme nous.

Oubliant l'Avenir, aux heures menaçantes,
Vous verrez le bonheur renaître sous vos pas
Au rythme évocateur des strophes caressantes,

Et ce livre est un peu le vôtre, n'est-ce pas ?

Premier émoi

Sans même t'en apercevoir
D'un sourire tu pris mon être ;
Le sort pouvait me décevoir
Car je t'aimai sans te connaître,

Or c'est d'un air presque joyeux
Que tu saluais l'inconnue,
Et bien souvent tes sombres yeux
S'adoucirent à sa venue.

Lorsque par les soirs éclatants
D'Avril elle apportait des roses,
Elle était pour toi le Printemps
Chassant les nuages moroses ;

Son regard était-il moqueur ?
Ainsi qu'une flèche mortelle,
Le doute avait frappé ton cœur
Et tu te disais : M'aime-t-elle ?

Souvenirs du premier émoi,
Que j'aime vos douces folies !
C'était donc Lui, c'était donc Moi,
Ces deux aquarelles pâlies ?

Ah ! mon cœur, bénis le Destin :
Sais-tu qu'il aurait pu se taire
Et de notre vie, au matin,
Laisser la route solitaire ?

L'Insomnie amoureuse

Minuit ! Et je n'ai pas encor fermé les yeux !
Je ne sais quel émoi m'oppresse. A coups fiévreux,
Je sens que mon cœur bat sous mes deux mains
[croisées.
Quelle est cette lueur qui blanchit les croisées ?
Est-ce l'aube ? Mais non ! Ce doit être le clair
De lune ou le début d'un orage, car l'air
Est étouffant. D'où vient que je me sens heureuse ?
C'est qu'enfin j'ai compris que je suis amoureuse.
Mais lui m'aimera-t-il ? Sans doute... Je le veux !
Oh ! qu'il me sera doux le moment des aveux !
Mais qu'il vienne bientôt ! Comme la vie est lente !
J'évoque un beau visage et ma bouche tremblante
A dit tout bas : Je t'aime ! à cette vision ;
Je t'aime ! a répondu l'écho. L'illusion
M'est bien douce d'abord, puis je me dis, saisie
D'effroi : Combien cruelle est cette fantaisie
De le croire amoureux, s'il n'est qu'indifférent !
On peut chercher le sens d'un regard transparent :
Le sien qu'exprime-t-il, quand parfois il se pose,

— Enigmatique et doux — sur mon visage rose ?
Dois-je m'abandonner à ce pressentiment
Qui me fait voir en lui mon maître et mon amant ?
Ah ! si demain pouvait lever le sombre voile
De l'Avenir ! S'il surgissait la bonne voile
Sur l'Océan des jours au reflux incertain ;
Si l'Amour éclairait brusquement mon Destin !
Et tandis que je songe ainsi, l'aube s'éveille.
Ma nuit ne fut d'un bout à l'autre qu'une veille.
Un coq jette soudain ses longs cris éclatants.
Je vais donc le revoir ! Debout ! C'est le printemps.

Avant l'Aveu

Avant l'aveu timide, alors qu'il n'est besoin
Encor que d'un regard qu'on échange de loin,
Furtif, mais aussi prompt que le trait qui s'élance,
Quel merveilleux bonheur de s'aimer en silence !
Ah ! charme de l'amour encore à son matin,
Quand on n'a pas levé le voile du destin
Et qu'un enchantement transforme toutes choses :
Le nuage en ciel bleu, les épines en roses,
Les larmes en sourire et quelque jeune amant,
Comme dans Cendrillon, en un prince charmant.
L'amour avant l'aveu, c'est, sur la branche verte,
Le chant du rossignol, c'est la fenêtre ouverte
Au parfum pénétrant des cerisiers en fleurs
Et c'est l'aurore enfin souriant sous ses pleurs.
Mais bien plus que les fleurs et les chants et l'aurore,
Le Printemps de l'amour est fugitif encore.
Ce qu'il a d'incertain nous inquiète un peu ;
On se tourmente, on veut savoir... Et c'est l'aveu.
Pour toujours disparaît l'attente merveilleuse,
Et ce n'est plus avril maintenant : sous l'yeuse,

Les grillons de l'été chantent à pleine voix.
Ce prélude enchanté ne fut entre nos doigts
Qu'un papillon brillant qu'emporte une soirée,
Et dont il n'est resté qu'une poudre dorée.
On est bien trop heureux pour regretter ce temps
D'attente et de silence, où le jeune printemps
Nous promettait tout bas de merveilleuses choses,
Un amour partagé, des caresses, des roses,
Et ce n'est que plus tard qu'on comprend la douceur
De n'être pas l'amante encore, mais la sœur,
Et ce n'est que plus tard que l'on goûte le charme
De ce bonheur fragile où miroite une larme.

L'Aveu

Minute exquise de l'aveu...
L'âme hésite, elle tremble un peu,
Mais cependant dans l'ombre on peut
Entendre,

Comme la source au fond des bois
Dont l'eau pleure et chante à la fois,
Murmurer tout bas une voix
Très tendre.

Cette voix maintenant se tait.
C'est celle qui jadis chantait
Dans mon cœur et que m'apportait
La brise,

A l'heure où le soleil couchant,
Sur le bord de son nid penchant,
Caresse l'oiseau dont le chant
Nous grise.

Du silence... Mais une main
Tremblante a pris sur le chemin
Une autre main que le jasmin
Parfume,

Il monte dans le ciel changeant
Une lune toute d'argent,
Au-dessus d'un chaume indigent
Qui fume.

Ah ! le moment délicieux !
La lune monte dans les cieux,
Et soudain mon front soucieux
S'éclaire,

Car ta bouche frôle mon cou ;
Je tremble et je rougis beaucoup
Et comme la nuit, tout à coup,
Est claire !

Après l'Aveu

Il est doux d'être aimé, cette croyance intime
Donne à tout on ne sait quel air d'enchantement.

Marceline DESBORDES-VALMORE.

Elans de mon âme amoureuse,
Vous aviez l'ardeur du matin
Parfumé de sauge et de thym
Sur la colline vaporeuse.

Il m'aime donc enfin celui
Pour qui je donnerais ma vie !
Tel est le destin que j'envie :
Vivre et mourir auprès de lui.

Depuis que j'ai compris qu'il m'aime,
Quelle ivresse profonde en moi !
Je ris et je pleure d'émoi,
Et je braverais la mort même.

J'ai pris, sous le ciel étoilé,
Le chemin qui gravit la pente
De la colline et qui serpente
Entre deux vastes champs de blé.

Mon âme n'est plus solitaire
Et je possède la Beauté,
L'harmonieuse Volupté
Et tout le Bonheur de la terre.

Mon cœur bat à coups violents
Et je me complais à l'entendre ;
Vers les êtres mon âme tendre
A de sympathiques élans.

J'aime tout ce qui m'environne :
Ces épis de seigle, ces eaux,
Ces bois remplis de chants d'oiseaux,
Ces monts que la neige couronne.

Mon visage s'est éclairci
Comme un ciel après l'embellie.
Je me sens beaucoup plus jolie,
Beaucoup plus généreuse aussi.

Tout est bien dans ce vaste monde ;
J'aime et je dis : merci, Destin !
Car, ne durât-il qu'un matin,
L'amour est la chose profonde !

Jamais je n'oublierai l'émoi
Dont le souvenir me pénètre
Encore et qui soudain fit naître
Tant d'ivresse profonde en moi.

Elans de mon âme amoureuse
Vous avez l'ardeur du matin
Parfumé de sauge et de thym
Sur la colline vaporeuse.

Le Nom

Tu me dis : Quel est votre nom ?
Car aussitôt que de la voir
Des Grieux désira savoir
Quel était le nom de Manon.

J'hésitais à te faire entendre
Les trois syllabes qu'il suppose :
Lorsque ma voix sur lui se pose
Est-il assez sonore et tendre ?

Un nom haï ne peut-il pas
Faire naître le désaccord
Entre deux cœurs qui vont encor
Avec prudence et pas à pas ?

Mais la nuit était parfumée
Et, dans le bosquet solitaire,
Des pétales jonchaient la terre ;
J'aimais et me savais aimée.

Je le murmurai lentement
Ce nom que tu voulais savoir :
Tu me souris et je pus voir
Qu'il te plaisait, o mon amant !

Premier Baiser

Le rossignol chantait dans l'ombre accoutumée,
Ma main tremblait parfois quand l'effleurait ta main,
Et tu m'avais cueilli sur la berge, en chemin,
Des fleurs dont je portais la touffe parfumée.

Nous étions seuls ; c'était pour la première fois.
Quelques étoiles d'or clouaient la voûte bleue,
Et nous avions suivi pendant plus d'une lieue
La route, quand surgit la lisière du bois.

Je sentis de ton bras se resserrer l'étreinte ;
Puis soudain il se fit un silence très doux
Qui, pendant un instant, vint se poser sur nous
Et fit naître en nos cœurs une invincible crainte.

Tu me souris et j'appuyai mon front sur toi,
— Comme un oiseau perdu sur la branche se pose, —
Afin de te cacher, sur mon visage rose,
Le visible reflet de mon étrange émoi.

Les fleurs que je portais en gerbe sur l'épaule
Nous séparaient encor ; plus près tu m'attiras
Et je fus prisonnière au cercle de tes bras,
Et sur toi je penchai ma tête comme un saule.

Sur ma lèvre docile à ce premier baiser,
— Et ton geste écrasa les fleurs près de ma bouche. —
Comme, au printemps, la brise où le papillon touche
Une rose, ta lèvre en feu vint se poser.

Le rossignol chantait dans l'ombre accoutumée,
Ma main tremblait parfois quand l'effleurait ta main,
Et tu m'avais cueilli sur la berge, en chemin,
Des fleurs dont je portais la touffe parfumée.

Prélude

D'entre nos souvenirs, ce souvenir me touche :

Tu venais de poser ta bouche sur ma bouche,
Dans le bois, où le clair de lune, sur le sol,
Faisait, près de son nid, chanter le rossignol.
O prélude béni de notre longue ivresse !
J'avais divinement frémi sous ta caresse ;
Tu m'avais dit : Je t'aime ! avec un tel accent
Que la nuit s'empara du mot éblouissant
Et de ses mille voix aux douceurs infinies
Remplit soudain les bois nocturnes d'harmonies.
Et maintenant, la main serrant encor la main,
Nous nous étions assis sur un banc qu'en chemin
Nous avions aperçu devant une chaumière ;
La lune auréolait nos têtes de lumière ;
Nous nous taisions ; mon cœur battait à se briser.
C'est alors que j'osai, d'un timide baiser,
Effleurer, sous le ciel plein d'étoiles fleuries,
Tes yeux, tes sombres yeux, chargés de rêveries,
Dont, captifs, je sentis frémir les cils soyeux.

Pendant ces doux instants où tu fermas les yeux,
Dis, quelle vision, sous mon baiser éclose,
Tint ton âme éblouie et ta paupière close ?
Etait-ce la splendeur de la nuit et la voix
Du rossignol caché dans l'ombre des grands bois ?
Les bosquets de lilas, la brise caressante,
Qui courbe le feuillage et parfume la sente,
La plainte de la source au fond des taillis verts,
Et toute la nature en ses aspects divers,
Qui faisaient déborder ton âme, comme un vase,
Pleine de volupté douloureuse et d'extase ?
Aux battements unis de nos deux cœurs joyeux,
Pendant ces doux instants où tu fermas les yeux,
Dis, quelle émotion quand je posai ma bouche
Sur tes cils, te rendit grave et silencieux ?

D'entre nos souvenirs, ce souvenir me touche.

L'Instant béni

Ah ! lorsque la lune étincelle,
Retrouver cet instant béni !
L'oiseau chantait près de son nid
Ainsi qu'une source ruisselle.

Voici que la ville calmée,
Eteint ses vitres et s'endort.
C'est l'heure où le couchant est d'or.
Dans l'ombre douce et parfumée

Deux amants suivent le chemin
Bordé d'aubépine fleurie
Qui dévale par la prairie,
Fronts unis, la main dans la main.

Parlent-ils? Sans doute; mais l'ombre,
Discrète, garde leurs aveux ;
Le vent caresse leurs cheveux ;
Le ciel est plein d'astres sans nombre.

Tant de tendresse monte en eux
Qu'ils ne savent pas se la dire ;
Quand il sourit elle soupire,
Mais l'un et l'autre sont heureux.

Dans les bras de celui qu'elle aime
L'Amante vient de se blottir :
Douceur exquise de sentir
Qu'on est deux à penser de même !

Afin d'interroger ses yeux,
Sur elle soudain il se penche,
Aux rayons de la lune blanche
Qui monte là-bas dans les cieux.

Or il tremble dans ses prunelles
Un amour immense, infini...
L'oiseau chantait près de son nid
D'harmonieuses villanelles.

Ah ! retrouver l'instant béni
Sous les étoiles éternelles !

Son Pas

Les sons grêles du clavecin,
La ruche au bourdonnant essaim
    Dont le délire
Fait vibrer l'âme d'une fleur,
L'accent même de la douleur
    Sur une lyre ;

L'essor des oiseaux en Avril,
Le balbutiement puéril
    De l'eau courante,
Dans les taillis la voix du cor,
La chanson de la brise encor
    Toute vibrante ;

Tout ce qui compose la voix
De la Nature dans les bois,
    Voix douce et tendre
De la colombe au bord des eaux
Où la plainte des grands roseaux
    Se fait entendre,

Ne sauraient éveiller en moi,
O mon ami cher, cet émoi
De tout mon être
Qu'y porte le bruit de tes pas.
Entre mille, pourrais-je pas
Le reconnaître ?

Ah ! lorsqu'il fait battre mon cœur,
Ce pas léger, ferme, vainqueur,
Certes ! personne
Ne pourrait dire ainsi : C'est lui !
Il me semble qu'une aube a lui
Quand il résonne !

Il est mille fois plus nombreux
Que la source du bois ombreux
Et plus fidèle
Que l'ombre des soleils couchants ;
Plus vif qu'au bord des toits penchants
Une hirondelle !

Enfin c'est le pas de l'Ami !
Laissez-moi l'évoquer parmi
La fauve escorte
Des feuilles dans le bois en deuil,
Ou bien l'hiver, devant le seuil
Blanc de ma porte.

Laissez-moi frissonner encor
Comme une biche au son du cor,
    A sa venue ;
Et, les yeux tout remplis de pleurs,
L'attendre sous le dais en fleurs
    De l'avenue.

Le Silence

Le silence en amour vaut mieux que les paroles.
Les fleurs ne parlent pas, mais leurs douces corolles
Ont le rythme, joyeux et tendre, d'un beau chant.
Quoi de plus éloquent que le soleil couchant ?
— O mon ami, parfois, quand nous rêvons ensemble
A la douceur de cet amour qui nous rassemble,
Sans que nous nous parlions, nos âmes sont d'accord.
Il ne suffit que d'un baiser, ou bien encor
D'une fleur que tes doigts cueillent à mon corsage.
Oui, c'est là le plus sûr et le plus prompt message.
Ne me dis pas combien tu m'aimes. Je le sens ;
Je le sens à ce point, que les plus doux accents
Ne sauraient m'en convaincre autant que ce silence...
Il suffit qu'au-dessus de nos fronts se balance
Le feuillage argenté d'un tremble ou d'un bouleau,
Dont l'ombre est si légère, en se posant sur l'eau,
Qu'elle ne trouble pas l'indolence des cygnes.
O douceur des regards, sincérité des signes,
Vous êtes, n'est-ce pas, le charme essentiel
Par où les cœurs unis communiquent au ciel ?

Va, ne t'étonne pas si mon regard se pose
Si doucement sur toi quand ma voix se repose.
C'est dans ces moments-là que je t'aime le mieux.
Lorsque la nuit se taît elle-même et qu'aux cieux,
Silencieusement, une étoile s'allume,
Que l'ombre, balançant son éventail de plume,
Caresse notre front, se parler serait vain.
C'est le moment exquis où se taire est divin
Parmi l'effeuillement des neigeuses corolles. —

Le silence en amour vaut mieux que les paroles.

Coquetterie

Pour que ton âme s'en émeuve,
— Coquette, et d'un cœur puéril, —
J'avais mis, un matin d'avril,
Une éclatante robe neuve,

Et, pour être belle à tes yeux,
Emprisonné mes pieds agiles
D'une paire de bas fragiles
Et souples aux reflets soyeux.

Quand sur la route, en robe claire
Et bas à jours tu m'aperçus,
Dès ton premier regard je sus
Combien je venais de te plaire.

Le front posé sur mes genoux,
Au chant des oiseaux dans les branches,
Sous un dais d'aubépines blanches
Qui neigeaient doucement sur nous,

Tu me dis : « Ta robe est jolie,
Digne des cerisiers en fleurs,
Mais ce bas mauve a la couleur
D'une violette pâlie. »

Alors, comme un marquis de Sèvres,
A mes genoux tu te courbas,
Et ma jambe, à travers le bas,
Sentit que se posaient tes lèvres.

Et depuis ce galant accueil,
Je garde la vivante image
De ton sourire dont l'hommage
Me remplit de trouble et d'orgueil.

Nocturne

Sous les yeux de la Lune aux obliques rayons,
Qui fait vibrer la plainte ardente des grillons,
Par les champs obscurcis d'où le soleil recule,
Deux ombres doucement passent au crépuscule,
Cueillant parfois les fleurs modestes du chemin.
Le présent les enivre et qu'importe demain !
C'est un couple d'amants. Leurs bouches sont unies.
Il lui dit tendrement des choses infinies,
De ces riens précieux que l'on regrette un jour,
Lorsqu'on n'a plus vingt ans et que s'enfuit l'Amour !
La nuit est froide et la rosée est comme un voile
Sur la prairie, où l'herbe a des reflets d'étoile.
Assis au fond des prés, sous un saule tremblant,
Il leur faut, pour rentrer, gagner ce chemin blanc
Qui, sous la lune, luit comme un collier de perles.
Mais l'eau jaillit partout de l'herbe qui déferle
En silence. L'Amant alors prend dans ses bras
Celle qui l'accompagne. Il la porte. A grands pas,
Il traverse les fleurs humides. L'harmonie
Des grillons a repris. Leur lèvre s'est unie,
Et Vénus leur sourit sous la voûte infinie.

Bonheur

Comme il est doux de vivre, alors qu'on est aimée !
Il souffle de la plaine une brise embaumée,
Et le chant des oiseaux, qu'écoutent les passants,
Sous la lune, a ce soir d'ineffables accents.
Dans le sentier du bois, plein d'ombre et de silence,
Bien avant le moment fixé, mon cœur s'élance.
Il bat déjà de crainte et d'angoisse et d'espoir.
Un souffle a remué les feuilles ; il fait noir,
Mais mon amour me guide et m'exhorte et m'éclaire.
Sa baguette magique a fait la nuit plus claire,
Et je pourrais, je crois, maintenant, tout oser,
Afin de mériter le merveilleux baiser
Qui, bientôt, je le sais, sera ma récompense.
Car il n'est pas d'ennui pour moi que ne compense
Ta venue. Oui, tu peux, ô feuillage mouvant
Des hêtres, t'agiter, sous le souffle du vent.
Je me ris de l'averse et de la neige même,
Puisque je vais bientôt revoir l'ami que j'aime !
Quand il m'attirera, dans l'ombre, sur son cœur,
En me remerciant tout bas d'avoir eu peur

Pour lui, je ne crois pas que jamais amoureuse
Aura pu se vanter d'être à ce point heureuse.
Allons ! il ne suffit que d'attendre un moment.
Attendre le Bonheur ! O délice ! O tourment !
S'il allait m'échapper, cet instant que j'envie !
Le sang flue à mon cœur où s'exalte la vie.
Le Bonheur est en marche et le bruit de ses pas,
Pour si léger qu'il soit, ne me surprendra pas ;
Le Bonheur est en marche, et le savoir m'enivre.
Alors qu'on est aimée, ah ! qu'il est doux de vivre !

Le Matin d'un Jour de Bonheur

Je crois respirer l'air qui va nous réunir.

M. DESBORDES-VALMORE.

C'est un jour de bonheur que ce matin commence.
Les monts, coiffés de rayons d'or,
L'ont salué déjà, tandis qu'un voile immense
Enveloppe l'étang qui dort.

Je l'accueille, debout à ma fenêtre ouverte :
Tous les cerisiers sont en fleurs
Et des gouttes d'argent, sur la pelouse verte,
Etincellent comme des pleurs.

O matinée exquise entre les matinées !
J'écoute l'ardente chanson,
— Sur les prés où le vent courbe les graminées, —
De l'alouette et du pinson.

Le soleil monte au ciel et baigne toutes choses
D'une frémissante clarté.
Il sourit au jardin que parfument les roses,
Dont les boutons ont éclaté.

Pourquoi donc suis-je heureuse, ainsi, devant la plaine
Où luit le soleil du matin ?
D'un merveilleux émoi, mon âme se sent pleine ;
Comme je souris au destin !

Comme il me plaît, le jour que ce matin commence !
Tous ses instants me seront courts ;
N'est-il pas le prélude exquis d'une romance
Amoureuse qui suit son cours ?

Et ne contient-il pas la divine promesse
D'un rendez-vous dans le chemin,
Sous les grands marronniers, à l'heure où le jour
[baisse,
Auprès d'un bosquet de jasmin ?

Le bonheur qui m'oppresse est fait de cette attente ;
Le printemps n'y suffirait pas,
Avec ses bois en fleurs, sous la nue éclatante,
Où vont se diriger nos pas.

Querelle

Comme un orage vient ternir
La source où boit la tourterelle,
Une fugitive querelle
Faillit un jour nous désunir.

J'avais douté de ta tendresse.
Je ne sais d'où vint le soupçon,
Mais je sais bien, méchant garçon,
Que ce fut une maladresse.

Sage il eut été d'apaiser
Ton courroux, mais, comme d'usage,
Je boudai quand, sur mon visage,
Ta lèvre voulut se poser.

Alors, les yeux pleins de reproche,
De ma main retirant ta main,
Tu t'enfuis au fond du chemin
Et disparus dans le bois proche.

Comme il fit sombre dans mon cœur !
Plus de printemps et d'allégresse,
Plus de rires, plus de tendresse,
Rien que le silence et la peur !

Ah ! que la nature était vide !
— Et cependant tous les buissons
Etaient alors pleins de chansons, —
Le ciel menaçant et livide !

Mais ton cœur étant sombre aussi,
Tu devinas ma peine affreuse,
Et ton âme fut généreuse,
Car j'étais toute à ta merci.

Tu revins, et comment écrire
Que ton amour me fut rendu,
Que mon désespoir éperdu
S'apaisa devant ton sourire.

Un tendre baiser nous lia
Devant la nuit enchanteresse.
Pas un seul instant ma tendresse
Depuis lors, certes ! n'oublia

Qu'une fugitive querelle
Faillit un jour nous désunir,
Comme un orage vient ternir
La source où boit la tourterelle.

L'Arc-en-Ciel

Sur le parapet accoudée,
Je regarde, devant l'ondée
S'assombrir le ciel éclatant.

— L'hirondelle rase l'étang.

Viens ! me dis-tu, sous les ramures
Qu'embaume le parfum des mûres,
Car il va pleuvoir à l'instant.

— L'hirondelle rase l'étang.

Au creux des branches surbaissées,
Les yeux pleins de douces pensées,
Nous admirons, le cœur battant ;

— L'hirondelle rase l'étang —

Bien abrités des gouttes claires
Par les chênes crépusculaires
Dont gémit le dôme flottant,

— L'hirondelle rase l'étang —

L'arche éclatante soutenue
Par les blancs piliers de la nue
Qui d'un mont à l'autre s'étend...

L'hirondelle rase l'étang.

L'Orage

L'éclair luit de toutes parts :
Par l'orage inquiétés,
Nous nous sommes abrités
Sous les arbres des remparts.

Le ciel, que nous contemplons
A travers l'épais rideau
Des feuilles où les grains d'eau
Résonnent comme des plombs,

Doit son étrange beauté
A ces feux éblouissants
Dont les éclairs incessants
Nous inondent de clarté.

Devant ces torrents de feu
Qui menacent les chalets
Aux flancs des monts violets,
Comme je frissonne un peu,

Tu me caches à dessein,
— Sachant bien que mon émoi
Te concerne plus que moi, —
Dans l'asile de ton sein,

Et ton bras qui me défend,
— Si je n'avais ton baiser —
Suffirait à m'apaiser,
Comme on apaise un enfant.

L'Averse

Le réseau de la pluie enveloppe le bois
Comme une toile d'araignée,
Et la branche s'incline à terre, sous le poids
De l'eau dont elle est imprégnée.

Sur les coteaux roussis flambait le soleil nu ;
Tout le bois semblait en attente,
Mais voici que l'orage apaisant est venu,
Et maintenant, c'est la détente !

Dans la poussière grise et molle des sentiers,
Dans l'herbe où la goutte étincelle,
Subtilisant l'odeur des souples églantiers,
L'eau tiède clapote et ruisselle.

Le ciel, tendu de soie, avait la fauve ardeur
Et les pourpres orientales ;
Il s'est soudain rempli de songe et de candeur.
L'averse effeuille des pétales ;

Là-bas, un rossignol exhale, en triolets,
Son ode amoureuse et touchante.
Et, parmi les rameaux pourpres et violets,
C'est le bois tout entier qui chante !

Dans le sentier, malgré la pluie,
Blottis sous le chapeau mouvant
De mon fragile parapluie,
Comme deux pigeons sous l'auvent,

Nous unissons nos mains mouillées,
Et nos âmes ivres d'ardeur
Que l'ombre douce a dépouillées
Du mensonge de la pudeur.

Qu'importe l'averse assidue,
Dont l'eau clapote, grain à grain,
Sur nos fronts, l'étoffe tendue
Résonne comme un tambourin.

Nous marchons sur le sable où rôde
L'escargot aux traces d'argent,
Et la pelouse d'émeraude
Où scintille un reflet changeant.

La pluie enveloppe les choses
D'un charme profond et subtil,
C'est le parfum plus doux des roses,
Ou l'or plus rouge d'un pistil.

Et c'est, comme un plaisir physique,
— Pur, voluptueux et profond, —
Cette ensorcelante musique
Que dans l'ombre les gouttes font...

Heure divine et parfumée,
J'ai conservé ton souvenir.
Puisqu'il est si doux d'être aimée,
Tu n'aurais jamais dû finir !

Tu me dis " Mon Amie "

Dites-lui que j'ai souri,
De peur qu'il ne pleure...

M. Maeterlinck.

Tu me dis « mon amie »... et, grave, je t'écoute.
Oui, je suis ton amie, et je veux que nul doute
Ne vienne à ce sujet même effleurer ton cœur.
Sais-tu ce que ce mot évoque de bonheur,
De rêve et de tendresse en moi ? D'abord, qu'importe
Qu'il se soit compromis souvent d'étrange sorte,
Lui, si noble, et jadis le vocable des dieux,
Jusqu'à hanter le seuil sanglant des mauvais lieux !
— Ce qu'il évoque en moi ? Le meilleur de mon être ;
Plus de tendresse encor que je n'en fais paraître,
Un dévouement aveugle et l'exquise douceur
D'être, seule ici-bas, ton amante et ta sœur.
Est-il rien de plus beau pour moi que ton sourire ?
Tout ce que je ressens pour toi, comment l'écrire ?
Certes ! c'est difficile ; et j'essaierai pourtant
De te dire — non pas « pourquoi » je t'aime tant,
Mais — oh ! n'en doute pas ! — que je te suis unie

Par tous les fils ténus d'une amour infinie,
Que ces fils en nos cœurs sont des liens si forts
Qu'ils ne sauraient céder qu'aux affres de la mort,
Et que c'est une amour fidèle par essence
Que celle qui résiste à tout, même à l'absence.
Ne pouvant du bonheur te prodiguer ma part,
Je suis celle qui pleure à l'heure du départ,
« Et celle qui sourit, afin que tu ne pleures ».
Reviens-tu? Sur les quais, je vais, comptant les heures;
L'aiguille lentement tourne : — Comme il est tard !
Pourvu qu'on n'aille pas m'annoncer un retard ! —
Mon cœur impatient est si rempli d'alarmes
Qu'en mes yeux cette idée a fait monter des larmes.
Quand tu pars, il n'est plus d'espoir ni de printemps;
J'ai froid, tout m'abandonne. Au contraire, éclatants
Sont les soirs où je sais que ta chère caresse
Me fera délirer de joie et de tendresse.
Sur une branche en fleurs, et se gonflant le col,
Pour nous, au fond des bois, chante le rossignol,
Et puis, c'est une étrange et très douce accalmie ;
Tu viens de murmurer tout bas : O mon amie !
Je te regarde et je me tais, car je comprends
Que tu m'aimes, à tes beaux yeux calmes et francs.

La Roseraie

En quels termes louer les divines splendeurs,
— Car l'Amour au printemps exalte toutes choses —
De cette roseraie où, dans le mois des roses,
Bourdonnent à plaisir les insectes rôdeurs.

C'est un jeu nuancé de teintes et d'odeurs
A dérider les fronts, même les plus moroses,
Et l'Amant qui choisit les fleurs à peine écloses,
En compose un bouquet d'indiscrètes ardeurs.

O doux jardin splendide! Un grand jet d'eau fantasque
Retombe en s'irisant, au marbre de la vasque,
Après avoir tenté d'escalader les cieux,

Et, délicate ainsi que le plus beau pétale
Envolé des rosiers aux festons gracieux,
L'aile d'un papillon sur le sable s'étale.

Les Nénuphars

Sur l'eau, que notre barque argentait dans sa course,
De souples nénuphars dressaient leurs verts îlots ;
Tu cueillis, en passant, l'un d'eux à peine éclos
Et rafraîchis tes doigts à sa fraîcheur de source.

Et puis, d'un geste doux et grave et solennel,
Tu rejetas bientôt la fleur déracinée
Loin des sables du bord où sa tige était née.
Errante, elle glissa sur le lac éternel...

Un jour que je revins sans toi dans la vallée,
Près du lac où des fleurs dressent leurs verts îlots,
Je cherchai, mais en vain, la forme sur les flots
De la coupe vivante à jamais esseulée,

Symbole du Passé, qui ne fleurit qu'un jour
Sur le lac de la Vie et qu'en vain l'on supplie
De raviver pour nous sa corolle pâlie
Au fervent souvenir d'un immortel amour.

Dans l'Orangerie

Tu m'as dit : Attends-moi, je reviens! et j'attends,
Dans ce grand parc ombreux où chante le printemps;
Et, le cœur un peu gros d'être seule, je pense
Que bientôt, quand tu reviendras, ma récompense
Sera de visiter à ton bras ce beau parc
Où, le croissant au front, Diane tend son arc.
Nous nous assoierons là, sur un vieux banc de pierre,
Et mon âme à ta voix frémira tout entière.
Mais que l'attente est longue aux vrais cœurs
[amoureux !
En vain, je me redis : Que nous serons heureux
Quand le pas de l'Ami, si doux à ma tendresse,
Soudain retentira dans l'ombre... Ah ! quelle ivresse!
Oui, mais s'il arrivait en retard ! Chaque instant
Que je passe à l'attendre est un siècle ! Et pourtant,
Il s'en faut de beaucoup, hélas ! que ce soit l'heure !
Puis une crainte encor de son aile m'effleure :
Si quelque lourd fâcheux allait le retenir !
Un accident pourrait peut-être survenir ?
Que je serais inquiète, alors... Quelle agonie !

Mais voilà tout à coup — ô minute bénie ! —
Bien avant le moment fixé de ton retour,
Que je te vois paraître, et je ris tour à tour
Et je pleure, et ta voix chérie à mon oreille
Au chant de la fauvette, est en douceur pareille...
Le rythme du bonheur fait battre doucement
Mon cœur extasié près de ton cœur aimant.
Tu souris de me voir si nerveuse. Une étreinte
A suffi pour chasser de mes yeux toute crainte.
Tu dis : Petite folle ! et, doucement moqueur,
Tu prends mon bras en le serrant contre ton cœur,
Puis nous disparaissons dans le parc où circule
La foule des Amants parmi le crépuscule.

A la Lune

O Lune, parmi le décor
Des bois où la rose fleuronne
Tels que les Amants de Vérone
De nous te souvient-il encor ?

Ma robe était toute nacrée
Sous tes splendides rayons blancs,
Et l'amour, dans nos cœurs tremblants,
Glissait son extase sacrée.

C'est toi qui, sur son nid en fleurs,
Faisais chanter l'oiseau nocturne
Et remplissais de parfum l'urne
Des lys aux ardentes pâleurs.

Tu rendais plus doux le visage
De l'Amant dont, sur le chemin,
La main sûre guidait ma main
Parmi le sombre paysage.

Et quand il se penchait vers moi
Afin de lire en mes prunelles
Ces douces choses éternelles
Qui font naître au cœur tant d'émoi,

Au cercle de ses bras robustes
Tu confondais, dans la clarté
Du petit chemin écarté
L'ombre fidèle de nos bustes.

O Lune, parmi le décor
Des bois où la rose fleuronne,
Tels que les Amants de Vérone,
De nous te souvient-il encor ?

Septembre

L'Automne a répandu les richesses insignes
De ses vergers féconds hantés des guêpes d'or.
Sur le lac, qu'a jonché de feuilles Fructidor,
Arrondissant leur col neigeux voguent des cygnes.

C'est le temps où bleuit le raisin dans les vignes ;
Aux chemins les pommiers font un rouge décor,
Et les bois violets, qu'emplit la voix du cor,
Dessinent au couchant la splendeur de leurs lignes.

Du sein des nénuphars et des roseaux épais,
L'un contre l'autre assis dans la barque où la paix
Et la douceur du soir descendent des ramures,

Nous regardons, les yeux avides de couleurs,
— En picorant à deux les lourdes grappes mûres, —
Les cygnes blancs glisser sur l'eau comme des fleurs.

Automnale

L'automne, sous le ciel sombre,
Fait danser les feuilles d'or.
C'est l'heure où le bois dans l'ombre
    Doucement s'endort.

Bientôt la neige aux cohortes
Blanches couvrira les nids :
Viens ! foulons les feuilles mortes
    Sous nos pas unis.

L'année a fui comme un rêve,
Si propice à notre amour
Que nous nous aimons sans trêve,
    Comme au premier jour.

Qu'importe la mort des roses
Et la neige sur les monts :
Il n'est pas d'heures moroses
    Si nous nous aimons !

En vain la neige aux cohortes
Blanches couvrira les nids :
Viens ! foulons les feuilles mortes
 Sous nos pas unis.

Hivernale

Le rude hiver, en plein visage,
Nous frappe de ses doigt cinglants.
Sortir ce soir est-il bien sage ?
Il tombe d'épais flocons blancs.

Couvrant les plaines désolées
D'un suaire aux plis éclatants
Et les montagnes exilées
Où luit l'eau morte des étangs,

La neige envahit toute chose.
Dans les arbres, au fond du bois,
Où doucement elle se pose,
La branche fléchit sous son poids.

Toute la nature est muette :
Nul chant, nul cri, nul pas humain.
Seule une mésange fluette
Sautille encor sur le chemin.

Les couples ont fui. Mais qu'importe!
Ceux-là ne s'aiment qu'au printemps,
Nous, notre amour est assez forte
Pour affronter le mauvais temps.

Plus de soleil ? Mais un sourire
Suffit à nos cœurs amoureux.
Plus d'étoiles ? Tu viens de dire
Que tu leur préfères mes yeux.

Plus de lianes, de corolles,
De rossignols dans les lilas ?
J'ai la douceur de tes paroles,
Ta bouche m'enchaîne en ses lacs.

Devant l'hiver cruel et traître
Dont l'œuvre est une œuvre de mort,
Notre amour s'exalte et peut-être
Nous aimons-nous mieux et plus fort.

Les couples ont fui. Mais qu'importe!
Ceux-là ne s'aiment qu'au printemps.
Nous, notre amour est assez forte
Pour affronter le mauvais temps.

Il neige

Il neige au creux des monts où la ville est enclose ;
Il neige tristement de larges flocons blancs
Sur les toits exilés, et les arbres tremblants
Dressent au fond du ciel leur squelette morose.

La rivière, encerclant la ville qu'elle arrose,
— Une frange de glace à chacun de ses flancs —
Recouvre les prés nus, où les bœufs nonchalants,
Aux barrières en fleurs tendaient leur muffle rose.

Parmi l'essaim des mouches blanches, le clocher,
Sur le vaste linceul des toits, semble pencher
Son faîte auréolé de gothiques dentelles,

Et si parfois un bruit, dans le silence éclôt,
C'est celui d'un traîneau que dans l'ombre on attelle,
Et dont le cheval fait tinter chaque grelot.

Le Manchon

Les voix qui parmi les fleurs
  Chantaient se sont tues.
L'hiver triste à mis des pleurs
  Aux yeux des statues.

Dans la profondeur du bois
  Doucement il neige,
Et tu souffles dans tes doigts
  Que rien ne protège.

Or je t'accompagne et j'ai
  Pour me couvrir, outre
Ma veste aux boutons de jais,
  Mon manchon de loutre.

Doucement tu me souris ;
  Du froid tu n'as cure ;
Mais je prends tes doigts meurtris
  Et, dans la fourrure

De mon manchon blanc de gel
  Nos deux mains s'étreignent
A l'abri du froid cruel
  Que les oiseaux craignent.

Nous marchons, les doigts unis,
  Sous les branches vides,
Et, de printemps infinis,
  Nos cœurs sont avides.

Est-ce Avril ? Tu me souris
  O doux sortilège !
Mais sous les cieux assombris,
  Hélas ! Comme il neige !

En Traîneau

— « Je voudrais... que des traîneaux peints de vives couleurs nous emportassent, bien enveloppés de fourrures, à travers les plaines et les rivières gelées ! »

Henri Heine.

Nous avons fait souvent ce rêve
— Hélas ! encore inexaucé —
A l'heure où le soleil se lève
Sur les monts au faîte glacé,

D'aller en traîneau par la plaine
Et sur l'étang, au fond du val,
Bien emmitouflés dans la laine,
Au trot sonore d'un cheval.

Nous traverserions des vallées
Aux flancs vêtus de sapins verts,
Des rivières aux eaux gelées,
Des bourgs que la neige a couverts.

Sous le dôme givré des branches
Nous glisserions comme le vent ;
Ta main, sous les fourrures blanches,
Caresserait ma main souvent.

Notre amour se ferait plus tendre
Et plus grave lorsque, tous deux,
Il nous arriverait d'entendre
Le cri des rapaces hideux.

Si bien qu'en ce décor morose
De l'hiver aux mille rigueurs
Oh ! le doux contraste, une rose
Fleurirait au fond de nos cœurs.

Réaliserons-nous ce rêve ?
Bientôt l'hiver va revenir,
Mais le Temps fuit; la Vie est brève...
Que nous réserve l'Avenir ?

Rêverie

Très loin, sous les sapins géants de la Norvège,
Heureuse avec l'amour de celui qui m'est cher,
J'aimerais vivre en un chalet, près de la mer,
En un chalet bien clos qu'en vain l'hiver assiège.

Qu'importent au dehors les tourmentes de neige !
Près du poële sonore où flambe le bois clair,
Il est doux de rêver. Comme il attiédit l'air,
L'arome délicat des blanches perce-neige.

Cet hôte — le Bonheur — s'attarderait chez nous,
Caressant l'angora blotti sur mes genoux,
Grave, il évoquerait le coin sombre où l'airelle,

En tapis violets, sous les arbres, mûrit,
Les halliers d'où s'exhale un chant de tourterelle
Et le miroitement de la source qui rit.

Le Rendez-Vous

Chute du soir. Les villages s'endorment
Parmi les monts bleus, dans des flaques d'or.

A.-M. Gossez.

Le train m'emporte, et mon cœur est content,
Au rendez-vous, où ton baiser m'attend,
Le train m'emporte en la plaine incertaine,
Vers la cité flamboyante et lointaine...

Sur la banquette, où je ferme les yeux,
La vision de ton regard joyeux,
De ton sourire et de ta voix chérie,
Glisse son trouble en mon âme attendrie.
Que l'heure est lente ! Et pourtant dans le soir,
— Car il ne fait pas encore très noir —
Voici courir, au cadre des portières,
Des monts de pourpre et des villes entières,
Et le train passe, avec un bruit d'enfer,
Le long des quais et sur des ponts de fer.

Le train m'emporte, en la nuit incertaine,
Vers la cité flamboyante et lointaine,
Le train m'emporte, et mon cœur est content,
Au rendez-vous où ton baiser m'attend.

L'Attente

I

La forêt frissonne...
Déjà l'heure sonne :
Six heures ! Personne.
Tu ne viendras pas.

A tort je soupçonne
Qu'en vain l'heure sonne
Car déjà résonne,
Dans l'ombre, ton pas.

II

Sous le vaste hall de la gare
Où mon rêve amoureux s'égare,
Le train surgit sans crier gare.

Et je regarde, à flots pressés
Défiler les gens empressés.
Des couples passent, enlacés.

L'une sourit et l'autre pleure.
Si mon attente était un leurre ;
Oh ! s'il avait oublié l'heure !

Et mon cœur d'angoisse est transi.
C'est Lui ? Mais non ! Et pourtant si !
C'est bien mon ami, le voici !

Arrière l'ennui qui m'oppresse !
Et ma lèvre, folle d'ivresse,
Reçoit en tremblant ta caresse.

Le beau Voyage

La lune, comme un coquillage
Parmi les étoiles jeté
Embellissait la nuit d'été
Où nous avons fait ce voyage.

Le long des champs et des forêts,
Impétueux comme une source,
Le train précipitait sa course
Nocturne presque sans arrêts.

La fenêtre était entr'ouverte
A ces effluves embaumés
Venus des calices fermés
Des fleurs dans la campagne verte.

Seuls enfin, j'avais pu blottir
Dans une chaude et douce place
Près de ton cœur ma tête lasse
Qui venait de s'appesantir.

Consciente de ta tendresse,
Dans la tiédeur de ce doux nid,
Mon bonheur était infini :
Point n'était besoin de caresse.

Nuls cris, nuls transports, nuls aveux,
Mais la voix qui se fait entendre
De ton cœur vigilant et tendre
Et ton souffle dans mes cheveux ;

Nul souci des demains moroses,
Sous les regards indifférents :
Une ivresse d'oiseaux errants
Attardés au pays des roses...

Mais un coup de sifflet strident
Vint rompre au matin le doux rêve ;
Que cette nuit, hélas ! fut brève !
J'en garde le regret ardent.

La fenêtre était entr' ouverte
A ces effluves embaumés
Venus des calices fermés
Des fleurs dans la campagne verte.

Au bord de l'Etang

Le rideaux vert des ramures
Où notre oreille n'entend
Que d'harmonieux murmures
Se réfléchit dans l'étang

Sous les branches enlacées,
Nous nous sommes fait un nid,
Et nous sommes sans pensées
Devant le calme infini.

Nos âmes sont confondues...
Quelle paix autour de nous !
Sur les feuilles étendues,
Je repose à tes genoux.

La fleur d'un iris embaume
Cette après-midi d'été ;
Elle glisse, comme un baume,
Dans nos cœurs sa volupté.

Ta main parfois me caresse,
Me caresse doucement,
Je savoure ma paresse,
  Et c'est exquis, simplement.

Le dernier soir

« ...Ce pin est sacré, c'est la plante d'Hélène. »

Ronsard.

Comme le fit au tronc d'un pin l'amant d'Hélène,
— De ce geste pieux, dont sourirait, je crois,
Celui qu'Amour jamais ne soumit à ses lois —
Parmi ces hêtres roux, dont la montagne est pleine,

J'ai gravé dans l'écorce épaisse, et ton œil noir
Me souriait, nos noms dont la lettre s'enlace ;
Et puis, chacun de nous vint en baiser la place,
De nos chers rendez-vous, c'était le dernier soir.

La lune arrondissait son disque dans les branches,
Le rossignol chantait et, sur les prés, des fleurs
Splendides éteignaient dans l'ombre leurs couleurs.
Seules brillaient encor des marguerites blanches.

Pour en charger tes bras fragiles, et pour voir
Ta bouche me sourire en de tendres paroles,
Je cueillis un bouquet de ces blanches corolles...
De nos chers rendez-vous, c'était le dernier soir.

Diptyque

I

Souvenir du départ

Comme un beau vaisseau d'or chargé de longs adieux..

A. SAMAIN.

Ah ! quel arrachement que ce départ ! La brume
Avait bleui la côte où le phare s'allume.
Lorsque le grand navire, avec un rauque effort,
De sa noire fumée eut endeuillé le port,
Que la cloche eût tinté, qu'en haut de sa tourelle,
Le commandant, du doigt, montrant la passerelle,
Dit de rompre entre nous ce suprême lien,
Les yeux remplis de pleurs, je détachai du tien
Mon bras que tu retins encore avec tendresse,
Et je reçus de toi la dernière caresse,
En te cachant un peu ma peine immense, car
Je voulais te sourire à l'heure du départ.
Les manœuvres avaient fini d'emplir les cales
Des ballots destinés aux lointaines escales ;

Je descendis alors et je pus voir d'en bas
Courir les matelots, ainsi qu'au branle-bas.
Autour des cabestans, grinçèrent les cordages.
D'entre les passagers accoudés aux bordages,
Ton beau visage ému me souriait encor ;
Puis, vers la haute mer, ce fut le vaste essor !
Ah ! quel arrachement que ce départ ! La brume
Avait noyé la côte où le phare s'allume.
Je perçus les baisers que du bout de tes doigts
Tu m'envoyais encor pour la dernière fois ;
Sur le pont, où planait une blanche mouette,
Je vis décroître peu à peu ta silhouette,
Et je sentis mon cœur sombrer dans le néant,
Quand sur les flots d'étain, comme en un trou béant,
Disparut tout à coup le navire géant.

II

Vision du retour

Lorsque tu reviendras de ce lointain voyage,
Et que le grand navire au lumineux sillage
Entrera dans le port, que ce soit en été,
Lorsque la mer immense, aux vagues de clarté,
Luisantes au soleil comme des pierreries,

Reflète les maisons, les falaises fleuries,
D'où s'exhale un parfum de lavande et de miel,
Et l'immobilité des nuages au ciel.
Que la mouette blanche et la fauve hirondelle
Frôlent en se jouant les vagues de leur aile.
Ce sera l'heure unique et douce des chansons,
Des cœurs extasiés battant à l'unisson.
Des espaces, ton âme aura gardé l'empreinte
Et tu m'apporteras le rêve en ton étreinte.
Ta bouche aura le goût des algues de la mer
Et le parfum du vent chargé de sel amer ;
Ta voix aura l'accent des brises étouffées
Qui dansent sur les flots, la nuit, avec les fées ;
Tes yeux seront plus doux, ton regard plus profond
D'avoir sondé le gouffre aux abîmes sans fond...
Je te serai l'écho des montagnes natales
Où, sur des rocs aigus, fleuris de digitales,
La myrtille bleuit ; le ruisseau vagabond
Qui franchit lestement les ravins d'un seul bond,
La haute cathédrale à la noble rosace,
Et toute la douceur profonde de l'Alsace,
De l'Alsace aux sapins sombres, aux claires eaux,
Reflétant la cigogne au milieu des roseaux,
Sous des arbres en fleurs où chantent les oiseaux.

Nos Mains

Nos mains, hélas ! désenlacées,
Ne peuvent plus, comme autrefois,
— Interprètes de nos pensées —
S'étreindre des milliers de fois.

L'éloquence de leur langage
A nos cils suspendait des pleurs ;
C'est elles qui portaient le gage
Amoureux d'un bouquet de fleurs.

Nos mains, je vous revois unies
Sous les ombrages de l'été ;
Vous étiez faites d'harmonies,
De douceur et de volupté.

Parmi les plaintes étouffées
Du vent qui courbe les rameaux,
Vous seules, ô petites fées,
De nos cœurs apaisiez les maux.

C'est que vous vous étiez posées
Sur l'odorant et frais tapis
Des fleurs humides de rosées
Et sur l'eau des lacs assoupis,

Si bien que vous étiez légères,
Comme au fond de leurs doux retraits,
Ces arborescentes fougères,
Parure exquise des forêts...

Nos mains, hélas ! désenlacées,
Ne peuvent plus, comme autrefois,
— Interprètes de nos pensées —
S'étreindre des milliers de fois.

A mon ami costumé en Pierrot

Sur le divan fleuri de couleurs éclatantes,
— Sans nul pli de malice aux lèvres ni d'humour —
Laissant errer ses doigts sur les cordes chantantes,
Ce Pierrot sérieux fait des rêves d'amour.

Par la large fenêtre ouverte à la nuit sombre,
Ce que ses yeux rêveurs cherchent dans le Passé,
C'est le vivant reflet de ces soirs où, dans l'ombre,
Celle qui n'est plus là l'eût soudain enlacé.

Son âme, ainsi qu'un vol de cigognes errantes,
Par-delà les sapins dressés comme un rempart
Et les proches sommets des Vosges transparentes,
De saison en saison, va, se pose et repart.

Et tous les mois défunts que son esprit fait vivre
Reprennent un instant leur sourire effacé ;
De douces visions, son cœur soudain s'enivre,
Plus qu'autrefois, il jouit de ce bonheur passé.

Puis, soudain, redressant la guitare, il compose
— Comme sous le balcon, jadis Almaviva —
D'un doigt qui sur la corde avec ferveur se pose,
Le plus beau chant d'amour dont homme ne rêva ;

Et voici qu'apportant des fleurs épanouies
Dont l'hommage odorant s'effeuille à ses genoux,
Celle qu'il évoquait en strophes inouïes,
O miracle ! est venue et murmure : Aimons-nous.

Les Raînettes

Les étoiles d'or
Criblent les étangs...
La plaine s'endort...
C'est l'heure où j'entends,

Petites voix nettes,
Vite effarouchées,
Chanter les raînettes,
Dans l'ombre cachées.

Un songe très doux
S'éveille en mon cœur,
Raînettes, quand vous
Coassez en chœur :

Dans l'ombre clémente
D'un beau crépuscule,
Où, sur l'eau dormante,
Un souffle circule,

Je crois que je vais
Au bras de l'Ami,
Et que le mauvais
Sort s'est endormi.

Car elle est conquise,
Mon âme absolue ;
Je goûte l'exquise
Douceur d'être élue,

Lorsque sur les eaux
Troubles des étangs,
Frangés de roseaux
Immenses, j'entends,

Petites voix nettes,
Vite effarouchées,
Chanter les raînettes
Dans l'ombre cachées.

Ta voix, c'est le regret vivant du Passé

I

Voix lointaine de mon ami,
Est-ce toi qui te fais entendre
Dans mon cœur jamais endormi,
Douce, mélancolique et tendre ?

L'oiseau sommeille sous l'auvent
Et j'ai clos fenêtres et portes.
Il pleut ; j'entends gémir le vent.
Est-ce un regret que tu m'apportes ?

Oh ! doucement pleure ta voix,
Et, frissonnante, je l'écoute.
Viens, mon ami, c'est d'autrefois
Que nous allons parler, sans doute.

On n'est heureux qu'ensemble, dis ?
Mets ton âme près de mon âme.
Il n'est pas d'autre paradis.
Des autres qu'importe le blâme !

II

Il pleut ? Mais non ; sur le chemin,
Toute ronde, la lune veille.
Tremblante comme un cœur humain,
La voix d'un rossignol s'éveille.

Ce banc n'est-il pas fait pour nous ?
Viens ! Mon âme est pleine d'ivresse.
Prends-moi toute sur tes genoux
Et que ta bouche me caresse.

III

Oh ! doucement pleure ta voix,
Et, frissonnante, je l'écoute.
Au fond des bois, comme autrefois,
Doit briller la lune sans doute.

Hélas ! j'entends gémir le vent.
Douce, mélancolique et tendre,
Ta voix, c'est le regret vivant
Du Passé qui se fait entendre.

Le Coffret

Je garde le paquet jauni
De tes lettres que j'ai cachées
Dans un coffret de bois verni,
Sur un lit de roses sèchées.

C'est en elles tout le Passé
Qui se colore et ressuscite...
Nul détail ne s'est effacé ;
Même émoi dans le même site.

Voici la lettre de l'aveu
Qui me laissa l'âme ravie ;
Je fis en la lisant le vœu
De te chérir toute ma vie.

Cette page me parle encor
D'un rendez-vous sous la ramée,
A l'heure où le couchant est d'or
Et l'ombre des bois parfumée.

Ce feuillet contient une fleur
Qu'ensemble nous avons cueillie ;
Et cet autre, un cri de douleur
Du fond de ton âme jaillie.

Ces reliques sont le seul bien
Désirable que je connaisse,
Car la fortune ne peut rien
Pour nous rendre notre jeunesse.

Intimité

Close est la chambre que parfume
Une rose dans un cristal.
Au dehors geint le vent brutal.
Dans la bouilloire le thé fume.

Comme la fauvette en son nid,
Je goûte la douceur de vivre.
C'est que je t'aime et que m'enivre
Ton nom d'un bonheur infini.

La neige couvre la campagne,
Mais ton image m'accompagne,
Et je songe — ô matins d'été,

Où s'ouvrent les fenêtres closes —
A la divine volupté
De cueilir ensemble des roses.

Prière au crépuscule

Le soleil pâlissant remonte la colline
Et, dans le creux du val où l'ombre s'alourdit,
Flotte un voile de brume aux pans de mousseline.

Les tournesols, dorés comme un après-midi,
Referment lentement leur calice de soie
Que visitent l'abeille et le frelon hardi.

Les arbres, fatigués, s'étirent avec joie,
Et la lune, au joli croissant de cristal clair,
Se lève sur les prés qu'un fleuve d'ombre noie.

Un peu de cendre et d'or flottent toujours dans l'air;
L'alouette descend, les ailes déployées,
Sur les sillons bleuis. Parfois, en vif éclair,

Une vitre étincelle et les voix effrayées
D'invisibles hiboux nous annoncent la nuit.
Mais, au couchant, il pleut des roses effeuillées,

Et l'on entend encor sur la route le bruit
Des troupeaux, des passants attardés que dirige
Le doux scintillement d'une étoile qui luit.

Sur les bois violets, dont le faîte s'érige,
Vert, pourpre et lilacé de mauve est le couchant,
Et comme enfin s'est tu le galop du quadrige,

Les harpes de la Nuit font entendre leur chant :

Ecoute la voix de l'Amante,
Crépuscule aux gestes frileux ;
« — Cache-nous sous les voiles bleus
Et les plis sombres de ta mante.

Quand vers toi nous irons, au soir,
Dans la paix et l'ombre infinie,
Les mains et les lèvres unies,
Sur tes talus bleus nous asseoir,

Là-haut, tout là-haut, sur la route,
Egare nos voisins jaloux :
Plus redoutables que les loups,
Ils ne sont que haine et que doute.

Au ciel rayonnant, assombris
Le globe enflammé de la lune ;
Eteins tes lampes une à une,
Et montre-nous tes noirs abris.

Vois-tu, nous seuls saurons comprendre
Et chérir la simple beauté
De tes soirs dont l'obscurité
Est à la fois d'or et de cendre.

Nous saurons aimer, recueillis,
Toute ton âme, Crépuscule,
Tes champs d'où le soleil recule,
Tes étangs roux et tes taillis. » —

Mais l'Amante ce soir est seule. Sur sa joue
Pourtant elle a senti la brise qui se joue.
Elle rêve et son rêve ardent s'est envolé
Vers ce proche bonheur dont son cœur a parlé.
Et tandis que la nuit, sur la maison bien close,
Mystérieusement, comme un oiseau, se pose,
Et que, dans le silence obscur, nul pas humain
Ne fait plus résonner les pierres du chemin,
Elle écoute son âme, à la tristesse encline,
Chercher le cher Absent, de colline en colline,
Par delà les grands bois, dont le parfum amer,
Pour elle, à l'horizon, vient d'évoquer la mer.

Anniversaire

Violon du Passé qui dans mon cœur s'éveille,
Voici ce que m'ont dit tes cordes à l'oreille :

Tortueux comme le grimoire
Que le savant tient dans ses doigts,
Sous la lune un ruban de moire
Se déroule parmi le bois.

Et de ses grands yeux noyés d'ombre,
L'Amante explore le chemin :
Est-ce lui, cette forme sombre
Qui de l'ombre surgit soudain ?

Non, c'est l'insecte qui se joue
Parmi les bosquets de lilas ;
C'est la brise frôlant sa joue
D'un geste caressant et las.

C'est un frou-frou de larges ailes
Sous le ciel pourpre rayé d'or,
Le dernier cri des hirondelles
Au-dessus du bois qui s'endort.

Violon du Passé qui dans mon cœur s'éveille,
Voici ce que m'ont dit tes cordes à l'oreille :

C'est Lui ! Sa taille se dessine,
Mince et droite comme un bouleau ;
Si son col penche, la glycine
S'incline ainsi parfois sur l'eau.

Comme un pâtre aux flancs du Taygète,
Il est beau sous les bois en fleurs.
A son cou l'Amante se jette
Et les mots s'achèvent en pleurs...

Rires ! Baisers ! Folles ivresses !
Faites de solennels serments !
Echangez vos douces caresses !
Le temps passe, ô tendres amants.

Seule il nous reste la mémoire,
Quand dans l'ombre, hélas ! tout a fui,
Et sur la route, blanche moire.
Toujours pourtant la lune luit.

Violon du Passé qui dans mon cœur s'éveille,
Voici ce que m'ont dit tes cordes à l'oreille !

Hymne au bonheur

Les coudes sur l'appui de ma fenêtre ouverte,
En face du jardin dont luit la masse verte,
Je respire l'odeur des nocturnes lilas.
La caresse de l'ombre à mon visage las
Est douce. Un flot de lune enveloppe les choses
D'un fluide et mouvant réseau de rayons roses,
Et, le cœur débordant d'amour, je pense à toi :
— « Le ciel est-il serein au-dessus de son toit ?
Peut-être, au même instant, dans la douce accalmie
De l'heure, songe-t-il à sa lointaine amie ?
Il est seul et, vers le Passé tournant les yeux,
Sans doute souffre-t-il d'être seul en ces lieux
Hostiles ou déserts de la terre inconnue,
Où nul doux souvenir n'accueille sa venue.
Hélas ! qu'ils étaient beaux pourtant ces rendez-vous
Où, posant son front lourd et las sur les genoux
De l'Amie, il sentait sur ses paupières closes
Le mol écroulement des corolles décloses
Qu'elle effeuillait, d'un joli geste, entre ses doigts.
Un rossignol pleurait d'amour au fond des bois,

Et la source qu'en mai fleurissent les pervenches,
De son flot de cristal éclaboussait les branches.
Oui, c'était le bonheur : maintenant, c'est l'exil
Cruel, comme l'hiver après le doux avril.

Bonheur, Bonheur fragile, écoute-moi : Pénètre
Dans la chambre où, debout, il songe à sa fenêtre.
Dis-lui que son amie, à la même heure, au loin,
De sa présence chère éprouve le besoin ;
Qu'elle lui fait le don de toutes ses pensées,
Celles qui font tinter le rire et les blessées
Qui, sur le bord des cils, opalisent les pleurs ;
Qu'elle a, dans le jardin, ce soir, cueilli des fleurs,
Afin d'en déposer le pénétrant hommage
Devant le cadre d'or où lui rit son image ;
Que son nom est le seul qu'elle prononce encor,
Lorsque dans l'ombre et le silence elle s'endort.
Enfin, comme une active et frémissante abeille,
Battant de l'aile, approche-toi de son oreille,
Avec ma voix, dis-lui : Je t'aime ! et son sommeil
Ne sera, jusqu'au jour, qu'un beau songe vermeil
Dont son âme, longtemps, restera parfumée.

Merci, Bonheur, je vais, la fenêtre fermée,
Me reposer un peu, rêvant moi-même à lui,
Cependant qu'au jardin le clair de lune luit.

Quand fleurissaient les roses...

« Il n'est plus de pas sur mes pas.
Ni d'âme qui me parle bas. »

M. Desbordes-Valmore.

C'est le mois où nous nous aimâmes :
Comme autrefois de belles fleurs
Remplissent la forêt d'odeurs,
Et le ciel est couleur de flammes.

Ces corolles et ces parfums,
Ces rouges reflets d'incendie
Dont soudain le ciel s'irradie,
Me font penser aux jours défunts.

Ah ! qu'ils étaient doux les murmures
De nos deux voix sur le chemin !
Tu n'es plus là, toi, dont la main
Me conduisait sous les ramures.

Tout ce bonheur était à nous,
Qui n'est plus que de la fumée :
Que la brise était parfumée
Et que le soir me semblait doux !

Mon âme, à la saison pareille,
N'eut jamais autant de beauté :
A mes yeux tout était clarté,
Tout était lyre à mon oreille.

Il est encor des fleurs, des eaux,
Des souffles tout chargés d'arômes
Et de beaux couchants polychromes
Sur les monts hantés des oiseaux.

Mais, hélas ! mon ami n'est plus
A mes côtés parmi ces choses
Que j'aime, et les plus belles roses
Parfument en vain les talus.

Pardonne, ô printemps, ce blasphème,
Mais je préfèrerais l'hiver
Et la neige à ton cadre vert,
S'il me rendait celui que j'aime.

L'Œillet des Dunes

« Bouquets tremblants éclos aux fentes des rochers. »

Henry MÉRIOT.

Accepte, dans ma lettre enclose,
Cette mauve corolle éclose
Près de la mer ;
C'est un œillet des dunes grises
Dont se déplace, au gré des brises,
Le sable amer.

Les pins, aux pommes écailleuses,
Le myrte odorant, les yeuses
Et le laurier
Forment un bois sur le rivage
Qui, devant l'Océan sauvage,
Semble prier.

L'immortelle fleurit le sable
Où gémit la plainte inlassable
Des sombres flots,
Et les bruyères toutes roses
Font tinter, sous les pins moroses,
Leurs doux grelots.

Et, comme un nénuphar, posée
Sur les flots, une île rosée
Surgit là-bas
D'une épaisse brume flottante,
Où toute une faune éclatante
Prend ses ébats.

O mon ami, faisons un rêve :
Devant cette île, sur la grève,
Ne vois-tu pas
Deux amants, les bouches unies,
Qui, par les dunes infinies,
Vont pas à pas ?

Sous un ciel bleu comme en Espagne,
L'Amant soutenant sa compagne
De son bras fort,
Le long des pins qui se déroulent,
Gravit les dunes dont s'écroulent
Les sables d'or.

Comme ils n'avaient aimé qu'à l'ombre
Des sapins au feuillage sombre,
Aux chants divins,
Sur les monts que l'été parfume,
Où la source bondit et fume
Dans les ravins,

Grisés de soleil et d'espace,
Ils aspirent le vent qui passe,
Chargé de sel,
L'odeur des œillets les enivre
Et c'est comme un bonheur de vivre
Universel.

Accepte, dans ma lettre enclose,
Cette mauve corolle éclose
Près de la mer ;
C'est un œillet des dunes grises
Dont se déplace, au gré des brises,
Le sable amer.

Sa Voix

O voix de mon ami qu'en rêve
J'écoute résonner sans trêve
Aux cordes tristes de mon cœur ;
Voix de délire et de folie
Qu'évoque ma mélancolie,
Ah ! comment dire ta douceur ?

Sous le bois au long manteau sombre,
Tu résonnas un soir dans l'ombre,
Et, frissonnante, j'écoutais.
Tu parlais d'amour infinie.
Comment dire ton harmonie ?
Maintenant, hélas ! tu te tais.

Que le temps passe ! O la prairie
De boutons d'or toute fleurie,
Où sa parole était un chant
Que j'écoutais, obéissante,
En marchant sur l'herbe glissante
Vers les bois pourpres du couchant.

Maintenant, hélas ! je t'écoute
En rêve, ô voix qui m'émeus toute,
Voix dont l'amoureuse splendeur
M'encourageait sur la colline
Et dont l'inflexion câline
Vibre encore au fond de mon cœur.

Chanson de Cornouailles

Je songe à toi devant l'infini de la mer ;
Une odeur d'immortelle est dans le vent amer.

La mer est grise et monotone.
Sur les brisants et sur les rocs
La vague déferle et moutonne
Au rythme grave de ses chocs.

Je songe à toi devant l'infini de la mer ;
Une odeur d'immortelle est dans le vent amer.

La lande est grise et monotone,
Faite de bruyères, d'ajoncs,
Roussis par le soleil d'automne
Et de marais remplis de joncs.

Je songe à toi devant l'infini de la mer ;
Une odeur d'immortelle est dans le vent amer.

La mer est grise et monotone.
Seul, dans un rayon de soleil,
Dont, en ce jour triste, on s'étonne,
Resplendit un îlot vermeil.

Je songe à toi devant l'infini de la mer ;
Une odeur d'immortelle est dans le vent amer.

La lande est grise et monotone ;
On la confond avec le ciel ;
La cloche d'une église sonne,
Des sarrasins fleurent le miel.

Je songe à toi devant l'infini de la mer ;
Une odeur d'immortelle est dans le vent amer.

La mer est grise et monotone.
Cette île est l'île de Tristan ;
Sur toute la côte bretonne
Nulle aux amoureux ne plaît tant.

Je songe à toi devant l'infini de la mer ;
Une odeur d'immortelle est dans le vent amer.

Prière à la Nuit

Toi dont l'œil bienveillant argente la clairière,
Qui couvres les ravins de longs voiles flottants,
O Nuit harmonieuse, écoute ma prière :
Je saurai célébrer tes astres éclatants

Et ta lune, dont l'orbe évoque un coquillage
De nacre translucide, arrondi par les flots,
Que la vague jeta sur une belle plage,
Où le varech épars forme de verts îlots.

Chevauche au fond des cieux la rapide Chimère
Et franchis les monts bleus dressés à l'horizon ;
De tes beaux pieds d'argent que célébrait Homère,
Marche enfin dans la plaine : Il est une maison

Qu'entoure un petit clos où s'effeuillent des roses,
Délivre les parfums de tes soufles légers,
Et verse ton oubli divin sur toutes choses,
La montagne lointaine et les proches vergers.

C'est une maison blanche où la lune étincelle ;
Porte close, l'hiver, elle se rit du vent ;
Sur son toit incliné l'eau des neiges ruisselle
Et l'oiseau du printemps niche sous son auvent.

C'est là que mon ami sur sa couche repose :
Sa fenêtre est ouverte à ton souffle embaumé.
On voit s'épanouir,sur sa lèvre déclose,
Mon nom, comme une fleur, en son âme enfermé.

Caresse d'un baiser sa paupière endormie ;
Penche-toi sur son front d'un geste de douceur,
Et lui parlant tout bas de son unique amie,
Effleure ses cheveux du doigt, telle une sœur.

Si comme aux jours lointains, ta voix se fait entendre,
Son rêve évoquera notre idylle des soirs
Où dans l'herbe des prés nous allions nous étendre,
Sous les globes d'argent de tes sombres voussoirs.

Son rêve évoquera cette lointaine ivresse :
Mots tendres, baisers fous et rires triomphants ;
Je frémirai comme autrefois sous sa caresse,
Et les bois seront pleins de nos courses d'enfants.

O Nuit hospitalière et douce, o nuit clémente,
Nuit propice au repos de l'immense univers,
Si tu veux exaucer ma prière d'amante
Je te consacrerai les plus beaux de mes vers.

Stances à l'avenir

J'aime entendre claquer la voile que l'on dresse
Et le cheval hennir :
Ce n'est plus au Passé que mon âme s'adresse,
C'est à toi, l'Avenir !

Que m'apporteras-tu ? Car mon âme est avide
Et pareille à la mer
Qui, malgré tant de vie en elle, semble vide
Et dont le flot amer

Jette sur les rochers sa plainte véhémente.
Il ne s'est jamais tu...
J'ai l'âme d'un poète et le cœur d'une amante :
Que m'apporteras-tu ?

Oui, tu m'apporteras le multiple visage
De tes quatre saisons.
Mais ce sont là des biens que l'on goûte à tout âge.
J'aime les horizons

Sans bornes et les fleurs et les aubes dorées,
Les forêts, les étangs,
Les sommets scintillants de neige et les soirées
Aux nuages flottants.

Mais il me faut auprès de moi celui que j'aime
Pour que mon cœur encor
Se sente plus joyeux que le Printemps lui-même
Dans ce riche décor.

O cruel Avenir ! Soulève un peu ton voile ;
Depuis déjà longtemps
— Quand donc à l'horizon poindra la bonne voile ? —
Tu sais que je l'attends.

Mon bonheur est en lui : fais qu'il me le rapporte !
Dis-lui de revenir,
Et l'Amour cueillera les roses de ma porte,
Grâce à toi, l'Avenir !

TABLE

Collection : LE LUTH

I. Georges Miraillet

Au Gré des Brises . . . . 5 fr.

II. Francis Ambrière

Parmi les Fleurs et la Lumière. 6 fr.

III. Charlotte Séverac

La Page où l'on aime . . . . . 6 fr.

www.ingramcontent.com/pod-product-compliance
Ingram Content Group UK Ltd.
Pitfield, Milton Keynes, MK11 3LW, UK
UKHW021544260726
13993UKWH00002B/620